EL PRINCIPIO DE LAS

focas BEBÉS

KATE RIGGS

CREATIVE EDUCATION

TABLA DE

CONTENIDO

SOY UN CACHORRO DE FOCA.

Soy una foca bebé.

¡Mira mis ojos grandes y mis largos bigotes!

Cuando nací pesé más de 30 libras (13.6 kg).

Mi pelaje es grueso y calentito. Soy una foca sin orejas. Mis orejas no sobresalen de mi cabeza.

Tomo la leche de mi madre solamente durante unas semanas. Luego me alimento de los peces que atrapo.

Vivo por
mi cuenta.
Me encanta ser
independiente.

En el mar, puedo nadar de costado. Me impulso en el agua con mis aletas.

¡Soy una foca joven!

HABLA Y ESCUCHA

AAAAHH!

¿Puedes hablar como un cachorro de foca? Las focas ladran, gruñen, y hacen sonidos similares al de una bocina.

Escucha esos sonidos:

https://www.youtube.com/watch?v=HP38k3h8uRc

¡Ahora es tu turno!

PALABRAS BEBÉS

bigotes: pelos largos que crecen en la cara u hocico de un animal

pelaje: el pelo que cubre a algunos animales

ÍNDICE

PUBLICADO POR CREATIVE EDUCATION
P.O. Box 227, Mankato, Minnesota 56002
Creative Education es una marca editorial de The Creative Company
www.thecreativecompany.us

DISEÑO Y PRODUCCIÓN
de Chelsey Luther & Joe Kahnke
Dirección de arte de Rita Marshall
Impreso en los Estados Unidos de América
Traducción de TRAVOD, www.travod.com

FOTOGRAFÍAS de Alamy (Ambling Images, Garrett Andrew Chong, Nature Picture Library, Keren Su/China Span), Getty Images (AXEL HEIMKEN/DPA, Yuri Smityuk/TASS, Gerard Soury/Oxford Scientific), iStockphoto (aaprophoto), Minden Pictures (Wendy Kreeftenberg), Shutterstock (Bohbeh, Volodymyr Goinyk, Eric Isselee, Nicram Sabod)

INFORMACIÓN DEL CATÁLOGO DE PUBLICACIONES
de la Biblioteca del Congreso is available under PCN 2019930518.
ISBN 978-1-64026-281-2 (library binding)